Peter Horton
Die andere Saite

Aphorismen
Satire
Poesie
Meditationen

CIP-Kurztitelaufnahme der Deutschen Bibliothek

Horton Peter:
[Sammlung]
Die andere Saite/[Peter Horton]. - Würzburg:
Naumann, 1978.
ISBN 3-921155-59-2

10001 bis 20000 2. Auflage 1979
10000 1. Auflage 1978

Gesamtherstellung: Fränkische Gesellschaftsdruckerei,
Würzburg

Wenn ein Mensch an die Sinnesobjekte denkt, entsteht Verhaftung an sie. Aus der Verhaftung entsteht Begierde, und aus der Begierde entspringt Zorn. Aus dem Zorn entsteht Verwirrung, aus der Verwirrung Verlust der Erinnerung, aus dem Verlust der Erinnerung Zerstörung des Verstandes. An der Zerstörung des Verstandes geht er zugrunde.

Bhagavadgítá zweiter Gesang*

**altindisches Lehrgedicht*

Man kann heute nichts mehr sagen, was nicht schon gesagt worden ist, keinen Tropfen in den Ozean werfen, der nicht schon vorher darin gewesen ist. Man kann aber Gesagtes dem Sagenhaften entringen, indem man es durchlebt und bis auf den Grund durchliebt von neuem ausdrückt.

Wo eigenes Erkennen fehlt, bleibt der Redende ein Löffel, der den Geschmack der Suppe nicht kennt. Wer aber gewissermaßen sich selbst aus dem Wege räumt, bekommt Geschmack und erlernt die Kochkunst, die es ermöglicht, andere einzuladen.

Was wir brauchen, sind nicht so sehr Berichterstatter, die als neutrale Anwälte wiedergeben, was sie aus Büchern und Diskussionen mosaikhaft wissen, sondern Menschen, die um Zusammenschau ringen und aus ihrer Wesensmitte heraus im zweifachen Sinne des Wortes zeugen von jener Innenwelt, die Schauplatz ist des Schmerzes, der Besinnung – und schließlich, der allesdurchdringenden Heiterkeit.

Möge das Buch in diesem Sinne Freude bereiten.

Peter Horton
Herbst 1978

APHORISMEN

Groß sind, so heißt es, die Sinnesorgane;
größer als die Sinnesorgane ist das Denkorgan;
größer als das Denkorgan ist die Vernunft;
aber größer noch als die Vernunft ist ER.

Bhagavadgítá dritter Gesang

Lächeln heißt
die Gegenwart begrüßen

Ich glaube nicht
ist Selbstüberschätzung
Ich kann nicht glauben
wäre ehrlich

Wer im Zustand einer Emotion
entscheiden zu können glaubt,
irrt.
Er wird entschieden.

Die größte Leistung des Denkorgans
ist bewußtes Nicht-Denken

Es gibt nicht mehrere Feuer
nur mehrere Brennstellen

der Mensch ist eine Brennstelle
Gottes

Der Durchschnittsmensch
lebt in der Vergangenheit,
der Weise
lebt in der Ewigkeit
des Jetzt.

Was sich meiner bemächtigt,
liegt jenseits meiner Macht;
dessen ich mich bemächtige,
beherrscht mich.
Nur was ich mir selbst entzwinge,
unterwerfe ich dem Willen
und nur das ist es,
was über persönliche Grenzen hinaus
wirkt.

Die unbequemste, die härteste
und darum barmherzigste Art,
ein Kind zu führen,
ist,
ihm nachahmenswertes
Vorbild zu sein.

Der Mensch
ist ein Projektil Gottes.
Seine Flugbahn
führt durch das Dasein
der Erfahrungen
über das Bewußtsein
alles Erfahrbaren
zurück
in das Herz aller Dinge.

SEIN Herz,
das absolute Sein.

Dank
ist der Morgenmantel der Freude
und
Demut
ihre Abendrobe

Solange das Essen
für einen Menschen nichts anderes ist,
als die genußreichste Art,
sich den Appetit zu verderben,
kennt er keine Dankbarkeit.

Die Seele verhungert,
wenn man ihr vorenthält,
was sie ernährt:
Dankbarkeit, Bewunderung,
Demut und Zuversicht.

Wer unfrei ist
muß sich beweisen.
Wer frei ist
umschließt alles
mit seiner Herzenskraft.
Es gibt in Wahrheit nichts
was außerhalb seiner stünde
und auf ihn weisen,
ihn beweisen könnte.

Erst wenn wir
mit vollkommenem Gleichmut
dem begegnen,
was über uns gemeint
oder geredet wird,
können wir in uns die Geburt
der wahren Menschenliebe erleben.

Wer stets zum richtigen Zeitpunkt
Zeit verschenkt
wird mit der Zeit
zeitlos

Für einen Körper
außerhalb der Anziehungskraft der Erde
gibt es kein Oben oder Unten.

Für den, der alle Bindungen löst,
gibt es kein Gut und Böse mehr.

Die Grundlage aller Kultur ist Bewunderungsfähigkeit

Der Sinn des Lebens
ist dem Intellekt nur bedingt,
dem Herzen nur bedingungslos
erfahrbar.

Liebe
ist die höchste Form
der Erkenntnis

Es gibt zwei Arten von Ernst
bitteren und gütigen

Es ist heute so schick,
jemanden auseinanderzunehmen.
Der Aufbautat nicht fähig,
greift man gern mit grober Pranke
in das Feingefüge fremder Seelen;
wie ein Säugling,
der mit leuchtenden Augen
Bauklötzchentürme zerstört.
Purzelnde Steinchen sind ihm Spur
seiner erwachenden Schöpferkraft:
Er ist Ursache – also befriedigt.
Viele Menschen bleiben ein Leben lang
solcherart ein Säugling
und vergreisen schon in jungen Jahren.

Solange wir mit dem Rücken
zur aufgehenden Sonne stehen,
brauchen wir Spiegel,
um sie zu sehen.

Das Zeitalter des Nur-Glaubens
ist vorbei. Wer sich heute
mit dem Glauben begnügt,
ohne um innere Gewißheit zu ringen
gleicht einem Menschen,
der zwar die Liebe zu einem anderen
in sich zu fühlen glaubt,
aber erwartet,
daß er die Segnungen der Liebe
ohne eigene Anstrengung
stets vom anderen empfängt.

»Prüfet alles und behaltet das Beste!«
Wir aber gehen hin,
schnappen das Erstbeste
und wüten den Rest des Lebens
über den Betrug,
der uns widerfuhr.

Nur wer zu sich selbst
außer hart
auch gnädig ist,
bereitet der Gnade Gottes einen Weg.

Geistige Zärtlichkeit überschreitet
die Grenzen des Persönlichen
und schöpft aus dem Unermesslichen

Wer etwas zu sagen hat,
bediene sich nicht der Aggression;
Deutlichkeit genügt.

Wie will man etwas finden,
von dem man überzeugt ist,
daß es das nicht gibt?

Vollkommenheit findet man erst,
wenn man sich zutiefst danach sehnt,
selbst vollkommen zu werden.

Barmherzigkeit
ist selbstlose Härte

Gedanken
die wir nicht loswerden
werden unser Los

Schutzmauern
können Kerkermauern werden

Schuldfähigkeit ist Mündigkeit
Schuldbekenntnis ist Würde
Mündigkeit und Würde
sind Leitern zur Freiheit

Vergebung
ist ausdauernder
als Schuld

Nur die Kreativität
des kindlich offenen Gemüts
dringt in die harte Schale des
Nichtwissens,
die das Herz der Wahrheit
dem flegelhaften Blick
eines sich selbst
vergötzenden Intellekts
verhüllt.

Wer in das Brausebad
eines glückseligen Augenblicks
nicht gedankenlos nackt gehen kann,
bleibt in Wahrheit fühllos verhüllt
im Mantel
seiner ihn beherrschenden Gedanken.

Viele Menschen
sind über dem romantischen
»Ich brauche Dich«
eines Mitmenschen
langsam zugrundegangen,
weil sie sich v e r brauchen ließen.
Wer hilflos zurückblieb,
war der durch falsche Zuwendung
lahmgewordene Mitmensch.

Solange wir nicht wirklich
zärtlich sein können,
sind wir nur handgreiflich.

Wer irrt,
ist Träger der Wahrheit.
Wer nicht irrt,
wird von ihr getragen.

Kunstwerke sind käuflich
Kunst nicht

Wer an der verkrachten Wirklichkeit
das Maß der Wahrheit nehmen will
muß aus zwei Gründen scheitern:
An der Wirklichkeit als maßlos,
an der Wahrheit als nicht meßbar.

Güte
ohne Stärke des Herzens
führt zu Bitterkeit

Innerhalb des Gebäudes
einer Wissenschaft
schwört man leicht,
festen Boden unter den
Füßen zu haben.
Man vergißt, daß das ganze Gebäude
auf ein paar unbeweisbaren
Schwimmern, den Axiomen, ruht.
Axiome sind die von der Intuition
aufgespürten unsichtbaren Trittplatten
unter der Wasseroberfläche
des Wissens,
die ein unbescheidener Intellekt
zu dem Wahn mißbraucht,
er könne über's Wasser gehen.

Wer sich
aus wissenschaftlichen Erkenntnissen
ein Bild
des göttlichen Urgrundes formen will,
gleicht einem,
der das Licht einschaltet,
um die Sonne zu sehen.

Der Unwissende sucht,
wenn er ein bescheidenes Herz hat,
noch die Quelle.
Der Dumme behauptet,
sie zu kennen,
aber nicht zu brauchen.

Ein bescheidener Mensch
kann nie dumm sein,
höchstens unwissend.

Wenn Sie eine Zeile
beglückend anspringt,
gebührt die Bewunderung
Ihnen selbst.
Der Verfasser kann nur wecken,
was lebendig ist.

Wer gnädig zu sich selber ist,
wird gnädig gegen andere werden.

Wer hart gegen sein Ich ist,
lernt wahre Güte.

Ein Mann, der nicht in sich die
ur-weibliche Komponente
des Einhüllenden, Schützenden,
Zärtlichen, Nachgiebigen,
Bereitwilligen entfaltet,
ist kein Geber, sondern ein Nehmer.
Er ist einerseits ein Sprengbolzen,
der nichts formend führen kann,
und andererseits
eine streunende Gaswolke,
sich mit allem vermischend
was kommt, ohne Rückgrat
und festen Standort.

Eine Frau, die nicht die ur-männliche
Komponente des Durchdringenden,
Konstruktiven, Beherrschenden,
Zielsetzenden in sich entfaltet,
bleibt ein nach Inhalt suchendes,
leeres Gefäß, das allen
hineinschwappenden Inhalten
Asyl gibt,
bis sie sich wieder verflüchtigen.

Irren
kann in Wahrheit nur jemand,
der versucht,
es recht zu tun.

Instinkt ist gebündelte Erfahrung.
Intuition ist eine
durch die Gedankenmauer
zu uns dringende
kosmische Zärtlichkeit.

Der Sinn des Lebens ist,
es aus der Sinnlosigkeit
zu erlösen.

Nimm mich bitte, wie ich bin,
heißt:
laß mich in Ruhe,
ich will mich nicht ändern!

Nimm die Menschen, wie sie sind,
heißt:
gib jedem die Chance
auf seiner Entwicklungsstufe.

Der Durchschnittsmensch
lebt im Vorurteil
der Weise ist UR – TEIL

Spiegel sind schonungslos offen
und darum barmherzig

Der Humor
ist ein Sohn der Hoffnung
und ein Enkel der Zuversicht.
Seine Geschwister heißen
Scharfsinn und Gradlinigkeit.

Sei gnädig
zu Dir selber!

Wenn Du's nicht bist,
wer dann?

Wer Demut besitzt,
kann nicht gedemütigt werden.
Wer unterwürfig ist,
wird unterworfen.

An der Stille
zerschellt
unser kleinliches
Ich

Hadern Sie nicht mit Ihrem Beruf!
Überall ist Dienst am Menschen möglich
und Dienst am Menschen
ist der einzige Gottesdienst,
der letztlich zählt.

Wer statt seiner Leistung
seine Leistungsfähigkeit
auf den Markt wirft,
verkauft die Fabrik,
nicht das Fabrizierte.

Wer anderen zu trinken gibt
und klärt nicht erst das Wasser,
dieser ist kein Menschenfreund
er ist ein Menschenhasser.

Wer wirft den ersten Stein?

Von uns niemand!
Da hat jeder schon tausende
geworfen.

Überwinde alles durch den Zweifel
vor allem ihn selbst

Wenn man bedenkt,
daß jedes Atom unseres Körpers
Millionen,
ja Milliarden Jahre alt ist,
müßte einen da nicht die Demut
vor dem Dom, in dem man wohnt,
überwältigen?

Das Ende
aller Gedanken
ist Andacht

Innere Heiterkeit
ist der
Kuß der Ewigkeit

Wir können nicht tiefer fallen als in die Hand Gottes

Wem Liebe nicht Antrieb
aller Tätigkeit ist,
der braucht noch
Ehrgeiz.

Bemühen ist die Lebenssubstanz der Hoffnung

Es gibt Dinge, die wir mit Gesundheit
und Leben bezahlen,
obwohl sie keine Krankheit
und keinen Tod wert sind.

Irrtümer
sind Spektralformen des Lichtes
der Wahrheit

Das Herz des Weisen
lächelt zeitlos
sein Gesicht
nur zur rechten Zeit

Hoffnung ist eine Tochter der Liebe
und
eine Schwester der Erinnerung

Nicht an der Wahrheit Bahre
verbringe Deine Jahre.
Schau lieber auf die Lüge
solang sie in der Wiege.

Was wir nicht finden
nennen wir gerne Glück

Ein Atheist ist einer
der sich ein Bild macht
und es verneint

Irrtum
ist fehlgeleitete Hoffnung

Wo wir Zusammenhänge
nicht erkennen,
behaupten wir gerne,
es gäbe keine.

Halbwahrheit ist Lüge im Sonntagsgewand

Leid
ist Nachsitzen
in der Schule der Freude

Der Augenblick
ist die Ewigkeit in Strümpfen

Nur wer wirklich allein sein kann,
kann wählen,
der andere muß.

Um bessere Partner zu finden,
muß ich besser werden.

Das Ich ist wie ein alter Schuh.
Erst wenn er restlos durchgelaufen ist,
berührt man den Boden der Gegenwart.

Solange wir den Schein
höher schätzen als das Licht,
suchen wir Scheinwerfer
statt Erleuchtete.

Schlechte Laune
ist der Schnupfen des Gemüts;
lästig und ansteckend.

Wer hart ist gegen sein Ich,
ist für andere eine harte Nuß.

Das erste, was ich
meinem Lebenspartner schuldig bin,
ist die Kunst,
mit mir selber allein zu sein,
sonst degradiere ich ihn
zu meinem Unterhalter.

Einer der Wege zur Klugheit heißt Ent-täuschung

Prüderie
ist das sprödeste Nachthemd
der Wollust

Wer nur der Sinnlichkeit lebt
lebt sinnlos

Die Streichelhand hat mehr historische Veränderungen bewirkt als die Faust

Mit Blasen an den Füßen
geht man bewußter

Schätze Deine Triebe hoch
doch lern' sie karg zu nähren
denn entbehrlich sind Eunuchen
die erfahrungslos verjähren

Ehe wir das wahre Musizieren lernen
verbrüdern wir uns mit Lautstärke

Daß wir hell Erlebtes
mit schwarzen Lettern
in die Weißheit leerer Bücher drucken,
sollte uns zu denken geben.
Weisheit ist jenseits
aller Druckerschwärze,
dem jungfräulichen Papier verwandter
als den Wörtern und den Lettern
wesenloser Druckmaschinen.
Sie offenbart sich
in der lichten Mitte eines Herzens,
wo weder Druck
noch Schwärze ist;

Nur noch reine Liebe.

Das individuelle Gemüt
ist die zu überschreitende Schwelle
vom Menschen zum Gott-Menschen.
Es ist das Salz,
das wir im Ozean
des kosmischen Gemütes auflösen.

Leben
ist ordnende Kraft
Lebendiges
ist geordnete Kraft

Sinn des Lebens
ist zu lernen
wie man am Tod
vorbeistirbt

KRITIK

Bezähme darum, o Arjuna, von Anfang an deine Sinne und vernichte diese bösen Zerstörer von Wissen und Unterscheidungsvermögen.

Bhagavadgítá dritter Gesang

Manche Menschen haben eine
so virtuose Nervosität,
daß man diese für
Temperamtent halten könnte.

Ein charakterfester Atheist
scheint mir besser als einer,
der Religion
zur Kerzenklammerei degradiert
und dessen Leben
aus verteilten Fußtritten besteht.

Protest
ist manchem ein willkommener Ersatz
für das Denken

Man beobachtet oft Menschen
von durchdringender Oberflächlichkeit
und Leere,
die ungeachtet dessen
wacker Phrasen dreschen
und gestikulieren.
Es sind Ruinen,
in denen Gespenster spuken.

Es bleibt das Privileg der Unfähigen,
über nichts lachen zu können;
schon gar nicht über sich selber.

Es gibt Menschen,
bei denen es so aussieht,
als ob ihnen das Schicksal
etwas schenke.
In Wirklichkeit
geht es etwa folgendermaßen zu:
Der Mensch geht in ein Geschäft,
kauft zwei Gemälde,
nimmt aber nur eines mit.
Später kommt er wieder
und bekommt das andere
vor staunendem Publikum
scheinbar großzügig geschenkt.

Schicksal ist eben eine Frage
des vorhergehenden Arrangements!

Der Vogel hat Flügel
nicht nur weil er ein Vogel ist,
sondern vielmehr deshalb,
weil er kein Frosch ist.

Der Intellekt ist ein Fahrzeug,
mehr nicht.
Wer nicht bereit ist,
es im entscheidenden Moment
zu verlassen,
gleicht einem,
der vor einladenden Gaststätten
hungernd und frierend
in seiner Karre hocken bleibt.

Ob das symbolisch ist,
daß heute viele Menschen
in Krankenhäusern
geboren werden?

Gang einer Durchschnittsehe

Erst vergehen sie vor Liebe
dann vergeht ihnen die Liebe
dann vergehen sie sich aneinander
aus Liebe zu anderen
dann vergeht ihnen auch das
und dann
während das Leben still vergeht
vergehen sie
vor bitterem Selbstmitleid
über die Vergangenheit
die sich so übel an ihnen
vergangen hat.

Seit sie zusammenleben
leben sie auseinander

Der Beutel Deiner Zeit
klagst Du, sei stets leer,
doch wenn Du welche hast,
gibst Du keine her.

Unsere Freizeit
ist so ausgelastet,
daß keine Zeit bleibt,
frei zu sein.

Schule der Träume

Man steigt oft im Schutz der Träume
ledig aller Zwänge
auf erstaunlich hohe Bäume
frei von Furcht und Enge

Kaum erklingen Morgenlieder
straft man seine Träume lügen
holt sich seine Sorgen wieder
um sich weiter zu betrügen

Hohe Traumkunst lehrt es täglich
wie es falsch ist und wie richtig
Geist ist niemals unbeweglich
nur das Fleisch ist zu gewichtig

Die schönsten Stunden
mag sich einer bescheren,
wenn er aus dem Korsett
seiner guten Vorsätze gleitet,
die einsamsten,
wenn er wieder hinein will.

Das bekannte Bildnis der Affen
hat sich geändert:
Sie sehen nichts,
sie hören nichts,
aber reden tun sie doch.

Die Dummheit ist schlimmer
als ein Atomkrieg.

Sie macht ihn.

An einen Misanthropen

Erspar' uns bitte Dein Gezeter,
Dir mißfalle diese Welt!
Glaubst Du, daß ein Miesepeter
Deiner Art der Welt gefällt?

Man kann auch
mit Fußtritten
einen Standpunkt vertreten

Des Menschen Körper
ist wie ein Gärtner.
Wenn wir seine Arbeitskraft durch hohe
Auswurf an Genußmüll
in seine Beete verplempern,
wird er seine Blumenzucht
vernachlässigen
oder ganz einstellen müssen.
Wenn wir ihn durch Dauer-Fernsehen,
Konsum von Schwachsinnsliteratur
und der Ausschwemmungen
substanzloser Sensationspresse
mit einer Flut
von Plastikblumen beschütten,
wird er mit der Zeit blind werden
für das Echte, Lebendige
und damit
für die Notwendigkeit der Aufzucht
lebendfrischer,
nach Ewigkeit duftender Blüten.

Nicht viele Jahre sind vergangen,
da beglückwünschte man den,
der schon ein Fernsehgerät hatte.
Heute wird die Neigung immer stärker,
den zu beglückwünschen,
der *keines* hat.

Unbelehrbare Zweifler
sind Nacht für Nacht
mit der brennenden Kerze
unterwegs,
um zu prüfen
ob es dunkel ist.

In unserer Blindheit sind wir bereit, jemanden als Wohltäter zu feiern, weil er auf eine gegen uns geplante Lumperei verzichtet.

Ich habe
Menschen unglaublich viel Energie
vergeuden sehen,
um sich in einer Situation
in Szene zu setzen,
in der sie längst bestens in Szene waren

Manche finden Haare in jeder Suppe –
und haben trotzdem eine Glatze.

Essen und Trinken
hält Leib und Seele
zusammen.

Genügt Ihnen das?

Alle reden vom Zeitgeist
Geist würde genügen

Eine Hure,
die ihren Leib verkauft,
ist der Vollkommenheit näher,
als ein Künstler,
der sein Innerstes knechtet,
um dessen Hülle zu Geld zu machen.

Richte Dich nach der Masse
und Du wirst von ihr gerichtet

Talentlosigkeit
ist die Unmoral der Kunst

Wenn ein Buchhändler
durch irgendein Wunder
plötzlich wirklich wüßte,
w a s da in seinem Laden
alles um ihn herumsteht,
er würde auf der Stelle wahnsinnig.

Zukunftsmusik zu machen
ist bisweilen die gerissenste Methode,
Unmusikalität zu verbergen.

Wie oft sitzt jemand
über Deine Lieder zu Gericht.
Du verstehst ihn, aber jener
versteht Dich häufig nicht.

Was niemandem gefällt,
hat Chancen, mehr als eine,
gefällt's der ganzen Welt,
dann hat es deren keine.

Wer kennt nicht jene Gestalten,
die in Konzerten sitzen
und jeden Ton vorhererzählen,
ja über jeden Durchfall,
den der Komponist einst hatte,
Referate halten können.

Sie fühlen nichts
aber wissen alles.

Manchmal wünsch ich mir, Du hätt'st
die Schule mal geschwänzt:
Du bist durch Bildung ganz verbildet
und grenzenlos begrenzt.

Musik ist
hörbar gemachte Harmonie des Alls
oder
hörbar gemachte Disharmonie
des Menschen.

Wer sich über die Art der Musik,
die einem anderen gefällt
aufregt,
hat ein gebrochenes Verhältnis
zur Freiheit.

Der Ton macht die Musik.

Das Furchtbare ist,
wer alles Töne macht.

Musik

Das richtige Hören und Erleben von Musik – und allem Schönen – ist zugleich eine der sanftesten Konzentrationsübungen, die es gibt. Die streunenden Horden der Gedanken werden von den Schlachtfeldern der Eitelkeit zurückgeholt und wenden sich wie Kühe auf der Weide zum Zentrum des Geschehens.

Und hier sitzt dann der liebe Organismus mit den Scharen sonst flanierender Gedanken um das Lagerfeuer des Herzens. Da sitzen die Piraten unter ihnen mit Schrammen, Holzbeinen, Augenklappen, neben unseren Hüstel-Knilchen, die stets, und das auch in den Tropen, einen Schal um ihre Knochenhälse tragen und die, wenn man sie berührt, durch ein ziegenhaftes Meckern geschüttelt werden.

Und die Fanato-Vegetarier mit dem stets rasanten Stuhlgang sitzen zugeklemmt, doch froh neben den Kannibalomanen, welche – durchaus wohlgesinnt, nicht unbedingt auch wohlerzogen – niemals Haare auf den Zähnen, dafür stets das Fleisch dazwischen tragen.

Auch die Schreibtisch-Leptosomen sitzen andächtig dazwischen, fahl vom jahrzehntelangen Griffelklammern, den ganzen trocknen Leib geschützt von einem schwarzen Ärmelschoner.
Etwas weiter hinten, da nicht ganz so schnell zu Fuß, sitzen der Gedankenschar Kanzlei-, Geheim- und Sonstwas-Räte, die sich nicht bücken und leider auch nicht setzen können, weil sie sich sonst die zarte Haut an ihren steifen Kleidern schürfen; man hört gar das Schergeräusch ihrer milchgestählten Nacken an ihren gestärkten Krägen.
Die Penner der Gedanken lagern, weil sie nicht gern stehen, neben den ewig käuflichen Hetären, die schon aus Standesehre liegen; und Penner suchen die Nähe dessen, was sie sich nicht leisten können.
Und getragen im Monsun der Harmonien weht auf einmal über dieses farbenfrohe Bild der endlich einmal hockenden Gedanken ein Hauch aus fliederfarbener Liebe – von durchdringender Lautlosigkeit, die jenseits der Musik und auch des Raums besteht.

Und Hunderte von derben Fäusten unseres geliebten Wahns vom Ich entkrampfen sich ganz heimlich und das erste junge Lächeln des Herzens offenbart die tiefe Menschlichkeit der kariösen Lückenhaftigkeit unseres Gedankengebisses.

So kann man seinen Organismus lieben lernen, wie der Gutsherr seinen Gärtner, der manchmal nachlässig, vergeßlich, vielleicht der Flasche freundschaftlich verbunden, aber sonst ein wurzeltief lieber Zeitgenosse ist.

Der sich halt, so gut es eben geht, immer eine Nasenlänge hinter seiner Pflicht herschindet, aber doch auf ihrer Spur, um Dir und mir und IHM zu dienen.

Das, Geneigter, ist MUSIK
und das Stück heißt LEBEN.

SATIRE

Was ich auch immer in Übereilung zu dir gesagt habe, uneingedenk deiner Größe, o Krsna, sei es aus Nachlässigkeit oder aus Zuneigung, und was ich dir auch immer scherzhafterweise an Mißachtung zuteil werden ließ, beim Spiel oder auf dem Bette oder lagernd oder beim Essen, o Unerschütterlicher, ich bitte dich, den Unermeßlichen, um Vergebung all dessen.

Bhagavadgítá elfter Gesang

Von einem Hirn, das auszog …

Ein Hirn hatte es unverhohlen
satt und schlich auf leisen Sohlen
rücksichtslos am Tagungsort
aus eines Redners Birne fort.

Es entfloh des Denkers Haupte,
just als der zu denken glaubte.
Wie ein Ohrenzeuge schwört,
hat dies die Rede nicht gestört.

Es wallte dort und schwebte hie
bürdenfrei und leicht wie nie,
ein leibbefreiter Freudentanz
ambulanter Denksubstanz.

Der Herr, der nun des Hirnes bar
nahm die Entfleuchung gar nicht wahr,
rackerte jetzt viel beglückter
und erheblich unbedrückter.

Da vom Denken unversehrt
ward er sehr bald hochgeehrt,
erhaben über Selbstkritik –
ein großer Mann der Politik.

Platonisches Mißverständnis

Vor der Ehe – steht geschrieben –
sollst du nur platonisch lieben
weil man Plato unterschiebt
er habe dieserart geliebt.

Trotz des ehrenwerten Walles
gibt es auch den Fall des Falles
und dann ist – ganz unironisch –
Nachwuchs eben rein platonisch.

Wie es sich immer wieder zeigt,
steht's um die Wahrheit trübe,
man haut dem, der dieselbe geigt,
die Fiedel um die Rübe.

Froschperspektive

Wenn ein Frosch sein Quaken meistert
kann man das schon singen nennen?
Drum sind Frösche hell begeistert,
daß die Vögel fliegen können.

Irgendwer liegt einem immer in den Ohre
vieles liegt an
und einiges vor
der Fiskus liegt einem auf der Tasche
und was nicht alles
einem am Herzen
dies und jenes auf der Leber
und manchmal
liegt einem etwas auf der Zunge
und oft schweres auf der Seele
ganz zu schweigen von dem
was uns allen im Blut liegt
ist es nicht ein Wunder
daß wir bei solch gewichtigem Gelage
entgegen unseren Vorfahren
den aufrechten Gang einführen
und bis jetzt beibehalten konnten?

Zeisige sind schwindelfrei,
Galgenvögel auch.
Sonst fiele bei der Schwindelei
mancher auf den Bauch.

Ein schlechter Reiter führte
einen Ritt im Schilde;
doch als er forsch im Sattel saß,
fraß sein Pferd still weiter Gras
und lächelte nur milde.

Der Steinwurm

Ein Steinwurm liebte ganz beschaydn
just ein Ohr von Joseph Haydn
hoch am Denkmalshaupt aus Stein
es muß in Wien gewesen sein.
Doch eines Tages hat, besessen,
er das Ohr verliebt gefressen.
Nachher glotzte er betreten,
denn sein ganzes Glück war flöten,
weil das Wesen, das erlauchte,
er – ganz schlicht – zu schnell verbraucht

Das Problem

Ein Philosoph in besten Jahren,
geistig etwas festgefahren,
zog nach reifer Überlegung
einen Selbstmord in Erwägung
und begann sich bei den Raben
inbrünstig ein Grab zu graben,
legte sich hinein im Nu
und schaufelte von innen zu.

Soweit war alles gut geraten,
doch wohin jetzt mit dem Spaten?
Sind doch dummerweise Gräber
innen störend eng und gröber
ausgedrückt in einem Satz:
für den Spaten war kein Platz.

Und trotz Fluchen, Weinen, Lachen
konnte er nichts andres machen,
als vor sehr verblüfften Raben
still sich wieder auszugraben.

Blinder Alarm

Eine Dame sprach einmal
zum göttergleichen Eh'gemahl
»Du bist – pardon – ein krummer Hund,
und wetzt mir meine Seele wund.«
Der Gatte schweigt, mit Recht entsetzt,
das Nervenkleid ward angefetzt,
er sucht in seinen Sündenakten
rasch nach ein paar starken Fakten,
wird erstaunlich gräßlich fündig,
lächelt taktisch hintergründig
und versucht herauszukriegen,
inwiefern mit zwei, drei Lügen
er den Fluch könnt' von sich wenden,
ohne sich zu stark zu schänden.
Wozu er erfahren mußte,
was die Dame denn schon wußte.
Als er's erfuhr, da fiel er um;
man trug ihn fort, er war ganz krumm:
sie wußte gar nichts, hör' und staune,
– hatte bloß mal eine Laune.

Erst nehmen sie alles mit,
dann wirken sie mitgenommen
und zuletzt liegengelassen.

Es muß nicht immer …

Wenn zwei Menschen zum Erbarmen
sich beim Wiedersehn umarmen
muß das keine Liebe sein.
Oft genügt als Grund allein
um solche Ovation zu dulden
einem fünfzig Mark zu schulden.

Gockeliges

Ein lebensmüder Gockel
legt vor Gram ein Ei,
erschrickt darob und rätselt,
was das nun wieder sei.

Er prüft in herber Sorge
hektisch Kamm und Schweif
und denkt, »hier widerfährt mir was,
was ich nicht begreif«.
Immerhin hat ihn die Sache
ziemlich abgelenkt
und er hat sich in der Tat
vor Schreck nicht aufgehängt.

Ihr Liebreiz nahm die Sprache mir,
ich sank vor ihr schier auf die Knie,
doch als sie sprach, riß es mich hoch
und ich stand aufrecht, wie noch nie.

Vogeliges

Zum Vogel sprach die Vogelin:
Da ich Dein Eheweib nun bin,
fühle ich, ich muß Dir sagen,
Du solltest eine Hose tragen.
Das wird der Schicklichkeit sehr nützen
und Dich vor Nierenleiden schützen.
Drum tat er auf sein Fahrgestell
eine Hose aus Flanell,
betrachtete im Spiegel lang sich,
schüttelte den Kopf und schwang sich
behost vom Schwanze bis zur Hüfte
probeweise in die Lüfte.
Doch da die Hose ihn behindert,
ward die Flugkunst stark vermindert,
und er stürzt nach kurzer Frist
in einen Fladen Ochsenmist,
und hat – doch dieses nur am Rande –
zum Gestank auch noch die Schande.
Einsicht kommt wohl etwas spät,
wenn der Dreck am Halse steht:
Nicht alles dient dem Wohl des Leibes,
was entspringt dem Hirn des Weibes.

Umsonst gewartet

Eine Horde von Bazillen,
harrte jahrelang im Stillen,
hinten auf dem Postwertzeichen,
um in's Eingeweid' zu kreuchen,
bei demjenigen, der leckt,
was desselben Tod bezweckt.

Doch es wurde nicht geleckt!
Das Postwertzeichen ist korrekt
mit dem Schwamm befeuchtet worden.
Diesem sind Bazillenhorden,
ungedacht der Art und Zahl,
leider fürchterlich egal.

Und so saßen sie ganz dumm
naß und kalt am Schwamm herum
und begafften etwas blöde,
konsterniert die Löcheröde,
denn es wird, solang sie leben,
niemand daran lecken mögen.

Lob den Warzen

Herbert war ein Warzenschwein
wollte nicht alleine sein,
suchte eine Braut
das hat ihn versaut,
weil er seiner Schönheit wegen
seinen ganzen Warzensegen
beim Chirurgen ließ
und sich überdies
seine Augenbrauen färbte,
was ihn fürchterbar verderbte.
Er war zwar jetzt als Edelschwein
nach wie vor nicht gern allein,
jedoch die Braut blieb, auf mein Wort,
auch fürderhin von Herbert fort.
Denn wenn schon Schwein,
dann wie es ist
und nicht chirurgenkunstversüßt.
Man wünscht ein Warzenschwein
sich bloß
ganz lieb – jedoch nicht warzenlos.

Der Musikus Franz Quintenlümmel
spinnefeind dem Ordnungsfimmel
stolpert über seine Geige
fällt auf seine Sprechwerkzeuge
ist nicht seine Zähne bloß
sondern auch die Geige los
und statt Mozart und Beethoven
gibt's ein Feuerchen im Ofen

Sumpfiges

Ein Herz schleicht wider bessren Rat
oft fort auf leisen Strümpfen
und holt sich kalte Füße
in den geliebten Sümpfen

Wenn Sie schon glauben ,
sündigen zu müssen,
dann tun Sie das wenigstens mit Esprit
und Vergnügen,
damit neben den guten Vorsätzen
nicht auch noch die gute Sünde
vergeudet ist.

Exodus

Sicher hatte auch ein Blödel
ursprünglich ein Hirn im Schädel;
doch es ward so derb geknechtet
bis es, offenbar geächtet,
aus des Blödels Rübe floh,
um daraufhin irgendwo
in einem Leib mit bessren Sitten
geistig um Asyl zu bitten.

POESIE

Wie der allesdurchdringende Äther auf Grund seiner Feinheit nicht befleckt wird, so erleidet auch das Selbst, das in jedem Körper vorhanden ist, keine Befleckung.

Bhagavadgítá dreizehnter Gesang

Neben Dir
tastend nach dem Boden
der das Morgen trägt
bin ich – sind wir
noch allein

Wie freundlich-laues Wasser
dringt Deine Liebe
in die harte Erde des Gewesenen
und hüllt mich mit Dir
in Dein warmes
sanftes
Du.

So viele schöne Zeiten
schlief ich
an Deinem Herzen
Jetzt will ich
endlich
darin wachen.

Wie kostbarer Wein
in neugierige Gläser
fließt Dein Wesen
durch die Formenhand der Zeit
in das Ährenfeld der neuen Stunde
und jeder Tropfen
findet eine sehnsuchtsvolle Wurzel
die auf ihn
und nur auf ihn gewartet hat
und jede Blüte
die Du staunend siehst
grüßt Dich still
denn sie hat etwas von Dir

Wenn Du Dich lang genug
mit der Sonne vertragen hast
schmeckst und riechst Du
porentief nach Sonne
und bist mein Salz bei Tag
und mein Feuerspiel
in den Zikadennächten
Im Sand
und in der späten Frühstückshitze
mit dem Duft der Pinien
wie durch Parfum gewappnet
buhlst Du um der Brecher Kumpanei
die eigens nur für Dich
aus Cypern oder Kreta
oder von einsamen
mediterranen Klippen
hier vor Deine Füße reisten
zwei Tage und zwei Nächte unterwegs
durch metaphysisches Türkis

vorbei an paradiesisch schönen Fischen
und weißen Yachten
voll mit trunkenen Sonnenträumern
bestürmt vom Wind
gelockt von schönen Küsten
Doch unbeirrbar rollten sie nach Spanien
um sich mit der Kraft
des stets verspielten Meeres
an Deinen Bronzeleib zu werfen
Dich in ihren Sternenmantel
Myriaden nasser Perlen hüllend
welch schimmernder Rapport
zu Deinem Sternenwesen

Und ich saß da
durchschaute das
und hüllte mich in Dank
das schönste Morgenkleid der Freude

Ein Tag voll antiquarischer Gefühle

Einen Tag
voll antiquarischer Gefühle
beschied mir ein Besuch
in jenem Dorf, das uns als Kinder
eine Zeit unter dem Herzen trug,
eh' es eines denkenswerten Tages
uns gehen ließ
und so der Welt gebar.

Da waren all die Häuser
so butterblumenfroh,
sie schienen so viel enger
(oder war ich weiter?)
und drängten sich wie eh' und je
um ihre Kinderschar.

Bohnen und Tomaten
und kleine grüne Zäune
hüteten die Butterblumenhäuser,
und Minze wuchs auf einem Acker
hinter jenem Haus,
das unsrer Mutter einst
die junge Sehnsucht barg. ▷

Ein altes Weiblein kannte mich
und sprach von frühern Nachbarn
und lachte ...
lachte zahnlos alle Kriege fort,
die sie und uns gezeichnet haben
und freute sich,
daß wir gekommen waren.

Da weinte was in mir
hilflos vor Freude.

Und als mir dann der Duft der Auen
sanft das innere Auge strich,
als ich mit meinem Bruder
schweigend durch das Dickicht stakte,
das früher auf dem Fahrrad
noch klingelfroh durcheilbar war,

Da traf mich das Gefühl
der grenzenlosen Liebe,
die um verfallene Witwenhöfe streicht
und all die Brennesselheiterkeit
der lieben alten Weiblein, ▷

die stets zugegen sind
bei Geburt und Tod,
doch selber niemals sterben
und immer warmen Kaffee aus Zichorie
und irgendeinen trocknen Kuchen habe

Wenn man Räume der Vergangenheit
allzu forsch betritt
drückt man die Liebe, die auf dieser Erc
oft hinter den Türen steht
leicht mit dieser an die Wand.
Doch setzt man sich dann hin,
bereitwillig zu schauen,
kommt sie
– ewig unverletzbar –
hinter der Tür hervor.
Und spricht zu uns
in ihrer Sprache
mit den Bildern unserer Kindheit
zwischen den Zeilen der Vergangenheit

Denn das Wahre
steht immer
zwischen den Zeilen der Geschichte.

Der laute Weg der Tränen
steht in Büchern,
der leise Weg der Freude steht in uns,
in der Wärme Deines Atems,
in allem Weiblichen der Welt,
das, selbst wenn zahnlos und verlassen,
ewiges Brevier
der körperlosen Schönheit ist.

Ein Tag voll antiquarischer Gefühle,
die wie Glühwürmchen und Junikäfer
Licht und Leben
in vergangenes Dunkel bringen.
So ein Tag macht dankbar,
demütig und still.

Für das Schöne
mit Dir ein Haus zu teilen
das wie ein Schirm
gemeinsame Gedanken hütet
und uns wie eine Mutter
täglich neu der Außenwelt gebiert
für dieses Schöne
und Deine stille
nachbarliche Sorge
danke ich

Eine Stunde auf der Fichtenbank

Eine Stunde saß ich
auf meiner Fichtenbank
eine Dame trieb an der Leine
eines Hundes an mir vorüber
plötzlich beschloß der Hund
mich zu mögen
und zerrte wedelnd zu mir
da tauschten sich die Rollen
und er wurde fortgezogen
meine Streichelfreude
blieb abstinent
als Wolkenaura um mich stehen
ein altes Ehepaar
balancierte den Erdball
auf seinen Spazierstöcken
es riecht nach frischer Erde
sagte sie
wann ist Erde frisch
dachte ich
wenn sie den Regen eingeatmet hat
sagte es in mir

▷

eine einsame Pfütze
am Rande des Weges
wurde in kurzen Abständen
von vier Jungen
fahrradweise
aus ihrer Ruhe gebracht
gibt es Menschen
die leicht zu umfahrende Pfützen
auch umfahren würden
fragte ich mich
oder ist es ein Gesetz
des Spurprägenmüssens
das uns zwingt
in Pfützen hineinzufahren
und friedliche Oberflächen
in irgendeine Art Falten zu legen
ein Miniaturhund kam
diesmal an freundlicher Leine
und holte sich einen Teil
meiner immer noch gegenwärtigen
Streichelfreude
eine Katze ließ sie ungenutzt
als sie später ▷

an mir vorbei
in geschäftigem Getue
zur Arbeit eilte
der Mais duftete mit einer Hand
zu mir herüber
und strich mir
zusammen mit der Wiese
und den Fichten hinter mir
über die hungrige Haut
der nächste Hund
der erste definierbare
ein Dalmatiner
nahm keinerlei Notiz von mir
kaum haben wir Rasse
haben wir Stolz
ich dankte jedem für seine Art
mich zu beschenken
und ging
frisch vom Dank beatmet
heim
um der Welt
die sich in mir bewegte
ein Abendbrot zu richten.

Wenn Du einst
durch Deine Wolken fällst
aus Deinem Supermarkt
umkrallter Emotionen
herein zu mir
in diamantene Einsamkeit
wirst Du mich nicht entzweien
denn ich bin lang schon
eins mit Dir
und Deiner violetten Hoffnung

Alle Schönheit dieser Welt
ist in Dir.
Die Weisheit dieser Welt
hat Dich nach ihrem Bild geformt,
darum mache Dich mit uns auf den Weg,
das Kranke dieser Welt
gesundzulieben.

Vertreibung aus dem Paradies

Ich fühle Dich
und schließe
um uns kreisend
alle Kreise
bin da
von rohem Denken unbewacht
genieße Dich
und meine Weite
die ein Geschenk der Deinen ist
und hole mir vom Leben
ganz persönlich eine Widmung
auf die dünne violette Haut
der Seele
bis der Moloch der Gedanken
mich in ein Denkgewitter reißt
und tief in polterlaute
Geisterschlachten spült
wo ich vorübergehend
mit Blindheit mir behelfen muß ▷

»Auf Wiederfühlen
bis zur nächsten Chance«
kann ich noch eben denken
ehe mich
der Strom der Unwesentlichkeiten
auf ein paar Zeiten
fortschwemmt in die Strudel
der Spekulationen
was das wohl gewesen sei

Was Du trägst
das hat kein anderer
vor Dir getragen
die Last ist einzigartig
ebenso der Träger
wir tragen jeder etwas anderes
und sind drum unverwechselbar

nur die Erde
trägt sich scheinbar selbst

Du bliebst

Ein mir bis heute
rätselhafter Mißgriff
ließ einst einen Kaffee
so ungewöhnlich arg
die Regeln
des Kaffeegeschmacks verhöhnen,
daß mir bis heute unfaßbar blieb,
daß Du ihn gnadenlos
bis auf den rettenden Grund
im Schweiße meines Angesichts
getrunken hast
und mir Dein schütteres Wohlwollen
kaum eine Stunde
nach unsrem ersten Gruß
auf solch passiv kriegerische Art
strapaziertest –
und bliebst.

▷

Du bliebst.
Vermutlich zum Erstaunen
meines interessierten Zimmers,
das an herbe Abgänge
im Laufe der Zeit gewöhnt worden ist.
Martha mochte meine
Wahrheitsliebe nicht,
Christina zerbrach an meiner Sehnsucht
nach dem Ewigen
und Barbara ging
wegen meiner dunklen Stellen
die ich nicht verbergen mochte.
Doch Du bliebst.

Du bliebst und hieltest
die selbst noch suchende Hand
Deines Septemberwesens
an jene Stelle des meinigen,
an die der Wind in dieser Zeit
mit wirkungsvoller Kälte blies
und wärmtest mir
so viele kalte Nächte.

In dieser Zeit hab ich Dich oft
rufend vor mir hergeboren
auf meine karge Art,
die selten nur vergnüglich war.

Und ich sah Deine Schönheit,
von der Du bis heute nichts weißt,
obwohl ich Dir in vielen
kerzenwarmen Schweigestunden
ein Spiegel
vor dem Antlitz Deines Wesens war.
Du bliebst.

Und weil Du in einer Regennacht
mit verschlossenen Blüten
fortgegangen bist,
kann der Regen
Dein Geheimnis nicht wissen.

Und gerade weil Du fortgegangen bist
bist Du in Wahrheit geblieben.

Wie ein Gedanke
bist Du mir entfallen
ich fühl' Dich noch
doch ich kann Dich nicht mehr fassen
wie Vergessenes
das sich sträubt
wieder gedacht zu werden

Der Regen mag Stunden
mir die offene Hand liebkosen
es bleiben immer nur
ein paar Tropfen
solange wir
nicht selbst der Regen sind
der den Staub des Tages
in die Nacht der Erde spült
und so die Welt
der Sonne aufbereitet

Zäh und schwer
durchtrampelt dieses Leben
den schmalen Acker unserer Zeit
solang wir täglich uns verdingen
denn Dinge prägen uns
und schneiden Grenzen
wie Gräben
in das Ährenfeld der Freude
und machen uns bedingt

Doch wenn der Ton
der in und zwischen den Atomen klingt
sich uns als reine Liebe
aus unseren Herzen
schaffend offenbart
dann schwebt dies Leben leicht
und klirrt
vor ganz bedingungsloser Heiterkeit

Dezember

Mit vielen kleinen Schritten
kam der Schnee an meine Tür
wie ein neuer Postbote
der sich vorstellt
und wieder geht

Auf einmal hörte ich Dich
hell und fröhlich lachen

Da fröstelte der frühe Winter
und wollte vorerst
kein Wort mit mir reden

Wie Sie wünschen
dachte ich
und heizte ihm die Stube
vor seiner kalten Nase weg

Herbst ist
wenn die Welt
den Sommer
in sich zurückatmet

Winter
wenn sie ihn eingeatmet hat
und staunend
den Atem anhält

Der Winter
schweigt mein Herz
zu einem lichten Feuerball
und es ist hell für Dich
und warm
inmitten all der Dunkelheit
und Kälte

Zurück?

Meine Seele fror
als ich sah
daß Du nach langem
schweigend schönem Aufstieg
an einer Gabelung
den Weg zurück ins Tal
Dir wähltest
und es schien
als sei das hart Erkämpfte
Dir auf einmal viel zu viel

▷

Doch eine innere Stimme
wärmte mich
und ließ es mich verstehen
und jetzt weiß ich
daß wir zurück
in unsere alten Höhlen gehen
wenn wir etwas vergessen haben
um zu erlösen
was sonst ja nur verlassen wäre
und sei es nur
der große warme Schal
erfahrungsreiner Güte
der jeden Gipfelsucher
vor innerer Kälte schützen muß

Geht der Weg
auch noch so steil nach unten
in Wahrheit gibt es
kein Zurück in dieser Welt
auch die Erde kehrt nicht um
wir gehen scheinbar nur zurück
um uns noch besser auszurüsten
und wenn zwei Menschen
sich auch noch so sehr
zu trennen scheinen …
am Ende
warten wir doch alle aufeinander

Jahreszeiten der Seele

Der Frühling
bewirft das junge Land
mit Lachen
Zuversicht und Blüten
und fordert auf zur Liebe
und irgendeiner Art von Fruchtbarkeit

Der Sommer
balgt sich draußen
im Sonnenspiel
und lauen
Brandungsnächten
atemfeucht und lustvoll
mit den Sinnen
wer dabei sein will
muß aus sich heraus

Der Herbst
lockt bald darauf das Land
geballt
in seine bernsteingoldne Blüte
und sammelt pralle Körbe
mit nahrungsreichen Früchten
für jene
die noch draußen bleiben
und den Weg zurück zu neuem Anfang
durch kalte dunkle Winternächte gehen

Im Winter
ist der Sommer innen
wenn auch Du da bist
ist er bei Dir

Weihnacht und Neujahr

Das Jahr ist öfter mal zu Ende,
als daß nur e i n Silvester uns genüge;
was Du nicht gesagt hast, füllt mir Bänd
Schweigen ist der Wahrheit Wiege.

Die Freude, die du fandest,
schenk dem Morgen,
der trägt sie weiter vom Ich ins Wir.
Was Du erlitten haben magst an Sorge
tief innen litt ich stets mit Dir.

Was immer aber Du an gutem Willen
hinausgeleuchtet hast in diese Welt,
für Dein Bemühen dank ich Dir im Stille
Du hast dadurch auch meinen Weg erhe

Wenn jemand still
sich an Geschehendem
erfreut
und nicht am Schmeicheln
des von ihm Erhofften,
dann bist das Du
in Deiner wahren
Größe

Dank gewordener Gedanke

An die Zeit

Du bist wie mein Leib
ohne Raum ein Nichts
also brauchst Du was
bist nicht Vollendung
und manchmal drück ich Dir
Mund und Nase zu
dann hältst Du
– wie eine große gute Katze
Kinderschalk erträgt –
lächelnd gnädig
Deinen Atem an
der stets länger ist als meiner
bis mir der Augenblick kristallnen Glücks
in klammen Erdenfingern still zerrinnt
ins Morgen lockend
doch das Morgen wie das Gestern
sind nur Masken
Deines Possenspiels
nur im Jetzt ist Deine
Eulenspiegelmacht gebrochen

Brücken

Manchmal stehen Brücken
einsam in der Landschaft
als Kuriosität der Straßenplanung
strotzend vor sinnloser Kraft
zölibatärer Potenz
etwas zu verbinden
was noch nicht existiert
seltsam lockender Schalk
adressiert an alle Uferwesen
die zwar ein Gegenüber haben
aber nichts
was sie verbindet

In kalten Nächten

Wenn Du einsam bist
trostlos und verzweifelt
dann denk' an mich
auch wenn Du mich nicht kennst
das Sonnentuch meiner Liebe
ist allemal größer als das Nachtwerk
Deiner streunenden Gefühle
und größer als der Scherbenhaufen
Deiner leergeschossenen
zerbrochenen Sehnsuchtsflinte
und wenn Du dann
mit Deinem inneren Tastsinn
lauschst nach mir
wie nach dem Stahltanz
nächteferner Züge
die stets nichts anderes tun
als Menschen zueinanderbringen
auch wenn sie sie einander
scheinbar oft entfernen

wenn Du so lauschst nach mir
dann wirst Du
meine Hüllkraft spüren
wie warmen Wind in kalten Nächten
und ich bin bei Dir
solang Du schlafen willst
bis neuer Mut
des sonnenfrischen Morgens
Dein Herz zu einem
wenn auch noch tränenfeuchten
Lächeln kräuselt
und Du wieder zu Dir selbst erwachst
dann brauchst Du mich nicht mehr
denn dann bist Du
ein wenig Ich geworden
und die Einsamkeit
hat sich erfüllt

An eine Meise

Dein gelber Bauch
verlangt nach Händen
die in sattem Stolz ihn streicheln
doch Zufriedenheit und Sattheit
sind Dir wohl fremd
und Hände wären Dir gar ungeheuer
drum trage ihn auch weiterhin
auf ahnungslosen Krallen
verschwenderisch ungestreichelt

Ein Spinnlein hatte über Nacht
Kammermusik aus Seide in ein Auto
gehaucht und die Cello-Saite
ausgerechnet am Lenkrad verankert.
Muse der Natur, manchmal bist Du
schicksalhaft grausam.

Franz

Ich habe einen Gast
seit Jahren schon in meiner Wohnung.
Er heißt Franz
und ist – nebst Herr im Haus –
ein Philodendron.
Drei Meter fünfzig groß,
mit riesenhaften Spatenblättern,
jedes einzelne so groß
wie die Ohrfeigendrohung
eines sonst braven Märchenriesen,
durchspült er chlorophyllbegabt
geschäftig meine Atmosphäre.
Er wohnt in einem Pflanzentrog
und duldet mittlerweile
eine anmutstiefe Kentia und
einen lieben Sporenfarn
gnadenvoll zu seinen Füßen,
nachdem er eine Dieffenbachia
wahrscheinlich mit frivolen Scherzen
schon früh vertrieben hatte.

▷

Wenn ich nach langer Reise
froh mein Heim betrete,
begrüße ich ihn still,
und er begrüßt mich auch
mit ungelenker Spatenblätterpranke
und sagt dann regelmäßig nur:
»Ich habe Durst!«
Und ich sag': »Ja« und denk':
»Du sollst nicht so viel trinken«.

Doch er hört ja nicht auf mich.
Literweise säuft er kühles
Württemberger Wasser
ohne Becher direkt aus der Kanne
und wendet sich, noch schmatzend,
dankbar wieder seinem
grünen Tagwerk zu
und spült die Luft,
damit ich was zu atmen habe.

▷

Und jedes Jahr schaut er dem Herbst
durch sicheres Isolierglas
voll Argwohn auf die Finger,
als möcht' er sagen:
»Halt, was geht hier vor!?«
Doch wenn einmal der erste Schnee
die Landschaft vor dem Fenster
in weiße Nachdenklichkeit hüllt,
hat er sich an alles das gewöhnt.
Und wenn Ida, die Zeder,
draußen vor seinem Fenster
das bläuliche Gefieder schüttelt,
als wollte sie sich
Boxhandschuhe leihen,
um mit den Winterstürmen
fröhlicher zu raufen,
schüttelt er nur abgeklärt das Haupt
und treibt gelassen,
ja fast schon gelangweilt,
ein frühlingsgrünes
rundum frisches Blatt.

Ich habe mich so oft geirrt
und habe viele Leute
durch meine Eigenart verwirrt
was mich jedoch nie reute

Die Eigenart ist nämlich das
was uns zu Menschen macht
der Irrtum hat mir stets das Maß
der Wahrheit nahgebracht

MEDITATIONEN

Wer in allen Wesen in gleicher Weise den höchsten Herrn wohnen sieht, der unvergänglich ist, während sie vergehen, dieser sieht die Wahrheit.

Bhagavadgítá dreizehnter Gesang

Maya heißt die Dunkelheit

Ich ging mit Gott spazieren
er sagte
mich dürstet
ich eilte um Wasser
da traf ich die Schönheit
ihr Name war Weib
sie schloß
mein kleines Ich
in ihre Zauberarme
ich baute Höhlen ihr
Hütten und Häuser
zeugte
in ihrem Schoß
viele liebe
laute Kinder
äonenlang
in rasendem Glück
und rasendem Leid
der Tod trank mich
unersättlich
wie ein bodenloses Loch
ich starb und starb und starb

Irgendwann äonenspät
gebar mein Weib mir
ein sehr stilles Kind
es sagte
mich dürstet
und verhalten
wie ein großer Gongschlag
barst die Erinnerung
und weltentiefe Freude
weinte mich heraus
aus der Umarmung aller Träume
ich brachte IHM
sein Wasser
in der Schale
der erfüllten Schönheit
und starb ein letztes Mal
allein dies einzigmal
starb ich am Tod vorbei

ins Herz

Wie oft schon
war mein Auge klar
und sah
daß Licht
durchflutet alle Wesen
sah
wie Herzen dunkler oder heller blühn
im großen Strahl
der jeden Stein durchdringt
und sah
wie gläsern diese Form-Welt war

und ich warf
immer wieder Steine.

Die Sonne steht im Westen
und taucht hinab
für den
der einen Standpunkt
noch außerhalb der Mitte
auf irgendeinem
der unendlich vielen
Welten – Taumelkreise hat

Für den
des Herz den Ton der Sonne
in richtungsloser Liebe tönt
gibt es nicht ab noch auf
nicht West noch Ost
nur IHN
der alle Richtung
alles Ziel
und schließlich
ALL-ES ist.

Wie Sonnenregen
Leben spendend
warm und golden
seh' ich Dich
die träge braune Kruste
dieser Erdenwunde
mit Deiner uferlosen Liebe
in fliederfarbene Düfte wandeln
Du steter Zauberhauch
aus dem Herzen Gottes
der Du den Bann
des irrenden Begehrens
durch Deinen Lichtruf
von uns löst

Wie Atlas trägst Du diese Erde
tief in ihre Dunkelheit versenkt
Als Feuerkorn der Widderkraft
entfaltest Du Dich samengleich in
Muladharas dunkelvioletter Tiefe und
ringst mit uns empor den Pfad von Fohat
und führst uns in des Vaters Herz.
Noch brennen wir
den dunklen Brand von Wunden
die Du an Deinem Lotosleibe pflegst
wo uns Dein Heil ersehnte Heilung bringt
um einst in Brahma's Einsamkeit
tausendblättrig einig IHM zu dienen
in einer Lobessymphonie
ewiger Schwangerschaft des Lichts.
O Geliebter – Sohn des Lichtes –
nimm unser Leben und verbrenne uns
im Focus Deiner Weisheit
im Feuer Deiner Liebe.

Sat Chit Ananda
möge alle Wesen einen.

Grüßend
legen wir dereinst
das Herz zurück
in Deines Kosmos Hände
wie einen
rein gerungenen Sonnenapfel
in die güldne Sonnenschale
in diesem Tun
verklingt das Ich
im Innern des
ICH BIN
und siehe da
wenn es verklungen ist
ist in Wahrheit
nichts geschehen

Zuletzt sind Worte
ohne Sinn

Allein im WORT
ruht das ICH BIN